戲擬詩

吹鼓吹詩人叢書／11

孟樊 著

台灣首部「戲擬詩」專集
台灣詩史另一里程碑

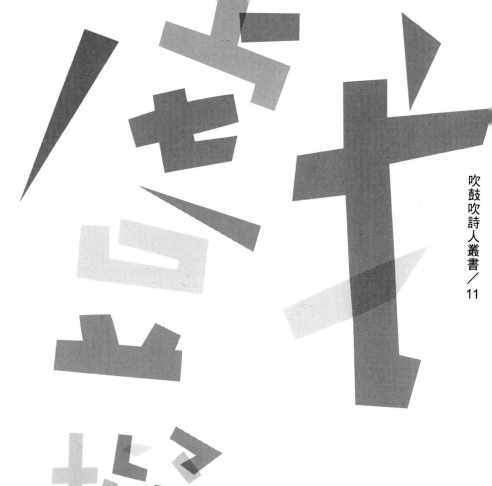

【總序】

台灣詩學吹鼓吹詩人叢書出版緣起

蘇紹連

「台灣詩學季刊雜誌社」創辦於一九九二年十二月六日，這是台灣詩壇上一個歷史性的日子，這個日子開啟了台灣詩學時代的來臨。《台灣詩學季刊》在前後任社長向明和李瑞騰的帶領下，經歷了兩位主編白靈、蕭蕭，至二〇〇二年改版為《台灣詩學學刊》，由鄭慧如主編，以學術論文為主，附刊詩作。二〇〇三年六月十一日設立「吹鼓吹詩論壇」網站，從此，一個大型的詩論壇終於在台灣誕生了。二〇〇五年九月增加《台灣詩學・吹鼓吹詩論壇》刊物，由蘇紹連主編。《台灣詩學》以雙刊物形態創詩壇之舉，同時出版學術面的評論詩學，及單純以詩為主的詩刊。

「吹鼓吹詩論壇」網站定位為新世代新勢力的網路詩社群，並以「詩腸鼓吹，吹響詩號，鼓動詩潮」十二字為論壇主旨，典出自於唐朝・馮贄《雲仙雜記・二、俗耳針砭，詩腸鼓吹》：「戴顒春日攜雙柑斗酒，人問何之，曰：『往聽黃鸝聲，此俗耳針砭，詩腸鼓吹，汝知之乎？』」因黃鸝之聲悅耳動聽，可以發人清思，激發詩興，詩興的激發必須砭去俗思，代以雅興。論壇的名稱「吹鼓吹」三字響亮，而且論壇主旨旗幟鮮明，立即驚動了網路詩界。

「吹鼓吹詩論壇」網站在台灣網路執詩界牛耳，詩的創作者或讀者們競相加入論壇為會員，除於論壇發表詩作、賞評回覆外，更有擔任版主者參與論壇版務的工作，一起推動論壇的輪子，繼續邁向更為寬廣的網路詩創作及交流場域。在這之中，有許多潛質優異的詩人逐漸浮現出來，他們的詩作散發耀眼的光芒，深受詩壇前輩們的矚目，諸如：鯨向海、楊佳嫻、林德俊、陳思嫻、李長青、羅浩原等人，都曾是「吹鼓吹詩論壇」的版主，他們現今已是能獨當一面的新世代頂尖詩人。

「吹鼓吹詩論壇」網站除了提供像是詩壇的「星光大道」或「超級偶像」發表平台，讓許多新人展現詩藝外，還把優秀詩作集結為「年度論壇詩選」於平面媒體刊登，以此留下珍貴的網路詩歷史資料。二〇〇九年起，更進一步訂立「台灣詩學吹鼓吹詩人叢書」方案，獎勵在「吹鼓吹詩論壇」創作優異的詩人，出版其個人詩集，期與「台灣詩學」的詩學同仁們站在同一高度，此一方案幸得「秀威資訊科技有限公司」應允，而得以實現。今後，「台灣詩學季刊雜誌社」將戮力於此項方案的進行，每半年甄選一至三位台灣最優秀的新世代詩人出版其詩集，以細水長流的方式，三年、五年，甚至十年之後，這套「台灣詩學吹鼓吹詩人叢書」累計無數本詩集，將是台灣詩壇在二十一世紀最堅強最整齊的詩人叢書，也將見證台灣詩史上這段期間新世代詩人的成長及詩風的建立。

若此，我們的詩壇必然能夠再創現代詩的盛唐時代！讓我們殷切期待吧。

悠然戲仿解構之必要
——孟樊新著《戲擬詩》讀後隨想

張默

小引

本書為台灣中生代詩人、評論家孟樊繼《S. L.和寶藍色筆記》（一九九二年五月，書林版）、《旅遊寫真》（二〇〇七年九月，唐山版）之後出版的第三部個人詩集。

全書概分：一、資深詩人篇（從楊雲萍、林亨泰、余光中到敻虹等十八家）。二、中生代詩人篇（從李敏勇、簡政珍、陳義芝到林燿德等十五家）。三、古詩人篇（李商隱、白石道人二家）。另有附篇〈舞姿——看圖作詩〉。孟樊在卷首自序，曾對「戲擬」一詞有十分明確的解說，此處暫不詳述，但也不得不在小引中列出其中若干精要如下：「戲擬詩不啻就是『二度創作』；『二度創作』也是創作，它牽涉兩種文本之間的關係，詳言之，它涉及仿作如何模仿原作。仿作對於原作是否定或肯定都好，如斯創作態度都是嚴肅的。然則，戲擬詩作可否出以輕鬆的態度，也即它可不可以成為一種詩的遊戲」等等。

筆者曾翻閱手頭若干資料，儘量一一覓得孟樊戲擬各家的原作，進行再三比對，以求取其間的差異與個別詩作獨自綻放的情趣。

戲擬詩作舉隅

為採拾多元與創意，燦然次第突出孟樊仿作之亮度，以下特列舉詩例九則，供愛詩人細品。

戲擬楊雲萍之二

〈月夜之二〉

想用松尾芭蕉洗全身肌膚，
我裸身入乳頭的氤氳中。

這兩句全然出自孟樊的手筆，與楊雲萍的原詩差異極大，作者把日本著名詩人「松尾芭蕉」很巧妙的植入詩中，堪稱一絕。接著帶出「我裸身入乳頭的氤氳中」的夢想，任月夜某些淒清皎潔的情景或隱或顯，令人低徊。

戲擬詹冰
〈初夏的田園〉

我發亮的皮鞋。鞋底鮮綠的嫩草。
孩童用睫毛看藍天。看輕風。
季節在蜘蛛網上色散而成連續光譜。
剛纔，紫茄子上照映著蝴蝶的姿態。
栗子的花，那是梵谷的親筆書。
田園是綠色唱片，正響著郊外電車的旋律。
迎面來的少女，提著新採的白菜。
胸脯上，乳房發芽了。

作者這樣光明正大把原詩一字不易，從末尾第八行開始以迴文方式翻轉，如果他不用〈戲擬詹冰〉為標題，那就是千真萬確的抄襲。可是經他解說是倒寫，則情勢全然改觀，莫非這也是咱們想不到的「孟樊秘笈」，可喜可嘆。

戲擬林亨泰

〈詩人〉（原詩題〈風景No.2〉）

林亨泰　的
外邊　還有
林亨泰　的
外邊　還有
林亨泰　的
外邊　還有

作者把原作的「防風林」，赫然易為「林亨泰」，這一嶄新逆轉大大增強了仿作的張力。也讓「林亨泰　的　外邊　還有　林亨泰（重覆三遍）」，無限伸延為難以想像的豪闊。從而筆者更斷然把第二節略去，以擴大本詩言有盡而意無窮的遠景。嗨嗨嗨，何其壯哉！

戲擬羅門之二

〈天地線是宇宙最後的一根弦〉

它是羅門最最得意的一行詩。如今孟樊卻大張旗鼓把它鋪陳為十二行，也有全新的視景，特節錄前後各二行如下：

天藍成印象派潑在普羅旺斯的油彩
地平線拉長為一枝梵谷摔落的畫筆

根鬚般伸展的神經是德弗札克帶來
弦樂四重奏把羅門的門打開在關島

原詩雖然是短短十二個字的一行詩，但羅門於詩末為它注釋約兩千多字，如果孟樊也依樣畫葫蘆，那麼這首仿作十二行，可能兩萬字也詮釋不完，那還了得。

戲擬錦連

〈死與紅茶〉

錦連原詩僅七行，孟樊卻慢條斯理為它加了一倍共得十四行。頭尾均用原作：

我做夢一樣的
想像著死

我這死是
紅茶之香

中間全係孟樊為它加油添醋，什麼〈從唇、從舌，從軟軟的喉管／我這死是甜蜜的／帶有酥癢的快感／是一種似將溶化的誘惑／為這味道的繚繞〉。莫非「死與紅茶」真的有絕對的關聯吧，或者是作者為日常生活釀製一些故事，且看喜愛這首詩的讀者，到底你會怎樣說？

戲擬瘂弦

〈如歌的行板〉

這首名詩是百分之百的仿作，每行詩的長短句，大致依原詩的形式高低運行。開頭以

〈偶然之鎮暴〉，〈偶然之否定〉上路，接著正正經經看飯島愛作愛之偶然，春上村樹並非爵士之偶然，以及選戰、垃圾、大聲公、記者與ＳＮＧ之偶然。

末段則是：

而既被目為一座島總得繼續挺立下去的
世界老這樣總這樣：——
老母雞在海峽的對岸
小地瓜在地瓜的田裡

戲謔感十足，兼具有經常被吵得熱呼呼的選戰，黑的白的，誰都不是真的，特別是末段最末兩行，引人省思。

戲擬林泠
〈微悟〉

在妳的胸臆，行舟於萊茵河的夜啊
水上我愛的那人正唱著天籟

她的歌聲一再地繚繞，萊茵河的夜
她吸走了我的耳
　　我的眼
我的口

孟樊仿作，自有他個人獨具的著墨處，以萊茵河為背景，用歌聲打動人心，最後以「吸走了我的耳眼口」收場，也很深摯而感人，但它與原詩則大異其趣，有心人不妨讀仿作，再讀原作，可能感受更深。

戲擬白靈
〈不如歌〉

抓狂的有，不如平靜的無
捲熱而逃的淚水，不如坐等升溫的露珠
挺出紅心的箭靶，不如猛射亂放的箭矢
擁老鷹一隻，不如養鴿子三千
被啄，不如被吻

本詩純係孟樊的「反作」，其中僅改動有無，上下變換位置而已，實則是現實的境遇不如人意，誰有勇氣不怕自己被啄得鮮血直流。

戲擬夏宇之三
〈在蒙馬特讀腹語術〉

讓我把你寄在行李保管處
在牆上留下一個字
下午茶
開始
秋天的哀愁

我在巴黎夏宇住過的蒙馬特讀
她的腹語術目錄
上述順序像街頭那位大鬍子
畫家的臉
非常的藍調

作者如此拼貼彩繪夏宇在巴黎的情節，她的大字足本的「腹語術」，把很多很多讀詩人的胃口弄歪了。她的詩是要絕對的「逆毛撫摸」，否則是不得其門而入的。可能她早期那首〈甜蜜的復仇〉，更貼近大家的詩心吧！

除上述九例外，孟樊的戲仿詩作，也以多變繽紛的手法取勝，生發每首詩別具一格的風采。作者曾自述嘗試很多途徑，如重整與修潤、倒寫、還原、拼湊、串連、反作、組合、對調、置換、添加等等，他自己更形容這種「二度創作」，讓他愈「玩」愈有勁。其中以散文詩的仿作最難，他也不厭其煩改寫水蔭萍的〈茉莉花〉，蘇紹連的〈獸〉，有相當神似而貌合的感覺。余光中的名詩〈白玉苦瓜〉，原詩分三節，共三十六行，他則連續頻繁的對調增為三十八行，上下以括號來區別，以示對原作的尊崇。戲仿羅青〈吃西瓜的六種方法〉，他最直接的回應是「吃了再說」。抒寫陳黎，則以他在的〈汀州路二段〉為題，詩從泉州街到廈門街，羅列很多店名學校商行，可能陳黎在台北求學住過汀州路，不然他何以想及以「汀州路」來調侃遠在花蓮的陳黎。至於向陽的填充詩〈□□台灣〉，每行都是□□，每個□□都是紅燈，就看仿者是怎樣去組合它了。讓大家共同激發奔放的靈思去補□□的空吧！

結語

總之，戲仿他人詩作，並非自孟樊開其端，但他昂然以《戲擬詩》為名出版專集，則是首開先例，他日或可帶來車水馬龍的戲仿風潮，不妨拭目以待。

筆者曾於一九九〇年六月，由林燿德主持的尚書出版社刊行一冊《光陰梯子》詩集，其中卷末即收錄筆者戲仿當代詩人碧果、洛夫、管管、瘂弦、向明、夏宇、商禽、辛鬱等八家的詩作，也曾引起一陣小小的漣漪。以下特錄仿管管詩作〈臉〉，題名為〈旋〉：

桐油燈下的吾是一束沒有根的藻草
一束沒有根的藻草挽著吾的思維
被張貼的思維盛開一朵朵的嫩蕊
吾的嫩蕊的舌尖是一束束沒有根的藻草
一冊冊沒有根的藻草上頭堆著雪
一蓬蓬的紫蕊伸出一粒粒的小腳
一頁頁嫣然逃亡的小腳是一方方巨齒

吾那一方方巨齒被那一束束沒有根的藻草
掐著！
掐著！

誠然〈臉〉是管管的名詩，仿詩自然無法與它相提並列，但就仿作而言，筆者則緊盯原詩的每一語字，不敢有絲毫的懈怠，務期有某些意料不到新的發現與突破，寫成後我也鬆了一口氣，能否達到創新與突破，那似乎又是另一回事了。

《創世紀》二〇一〇年十二月出刊的第一六五期，洛夫以〈唐詩解構〉為總題，戲寫了陳子昂〈登幽州台歌〉，王維〈竹里館〉，李白〈下江陵〉，孟浩然〈宿建德江〉。他所強調的解構，實則與「戲擬」、「二度創作」不無關係。特引〈宿建德江〉一詩如下：

與月最近？
還是與水最近？
我把船泊在荒煙裡
與水近就是與月近
與月近就是與人近

而更近的是遠處的簫聲

我在船頭看月
月在水中看我
江上有人抱著一個愁字入睡

我細細輕吟最末句「江上有人抱著一個愁字入睡」，洛夫確是精準地把宿建德江的風情寫活了，噫嘻啊哈？

由是，我請大家再來撫讀孟樊的

戲擬李商隱〈襪〉之二

妳是宓妃嗎
踩著洛水的水聲一步步
神不知鬼不覺的
在清秋的季節
穿過層層的雲霧走來

絲質的妳的銀袜
浸濕了吹彈可破的肌膚

這首仿詩係節錄，孟樊捕捉那種輕柔如夢似幻的感覺，令人神馳。那一聲「浸濕了吹彈可破的肌膚」，令這首仿作讓愛詩人讀畢有深獲我心的微醉。然則，在對古詩人的仿作上，我以為孟樊還可以再加一把勁。

戲擬詩，並不易寫，至少孟樊已有一冊專集為證。它似乎也是一條可以開採的新路，有心人不妨看視個人的興趣，而從事二度創作。不論怎樣界定，凡所完成的仿作，應該力求臻至想像繽紛、語言確切、意象豐沛、構成渾然的新境。實則一首傑異的現代詩，再加上高水準的仿作，它們應該相輔相成，自然化合為百讀不厭的姊妹篇。台灣新詩的礦源，是多元的綜合體，它是取之不盡用之不竭的噴泉。願所有的愛詩人，致力經之營之，使它日新月異，向更輝煌深摯的遠景邁進。

二〇一〇年十二月十五日於內湖

戲擬的剪子

——讀孟樊詩集《戲擬詩》

陳仲義

孟樊，這位台灣詩學界的投擲手，在拋出幾個刁鑽的好球後，似乎技癢難耐，轉身又操起一把剪子，對著七十個年頭——從楊雲萍（一九〇二）到林燿德（一九六二）——那些個詩的款式——那些個綢緞或呢料，嚓嚓嚓一路裁將起來，忙得不亦樂乎。這把剪子就叫做戲擬。

「戲擬」即戲謔地模擬，是仿擬的戲謔化形態。一九三二年陳望道在《修辭學發凡》將類似的修辭現象與效果——諸如諧仿、戲仿等等，總歸名為「仿擬」，我們不必過於拘泥文辭家們的嚴密分類，拋開仿擬與戲擬之間各有側重的區別，在創作上都把它們視為模仿現有格式、臨時創設新說法的一種修辭，是通往五湖四海可劈波斬浪的修辭。

本質的說，戲擬也好、仿擬也好，都是以原文本為主的主文本與他文本的「改裝」活動，具有「對讀」的互文性質。在互文瓜葛中，自然夾雜著重複、再現、相似現象，由於這種超級「孿生」或寄生，需要冒著某種抄襲、或坐享其成的危險與嫌疑，勢必要求作者拿出膽識與智謀。若果構想不凡，別出心裁，則能體現出對舊文本的拓殖與發見。它所帶來的創造性喜悅，像不像一次成功的「二婚」？靉靆日照下，影影綽綽的黃昏戀，充滿了對未來重建的願景。

孟樊倒是充當了一回婚介所的模範紅娘，在他修潤、倒寫、反作、拼湊、並聯的各種調和中，原文本與派生文本，再生詩想與原型句子，完成了形形色色的「配對」。他左右逢源，進出嫻熟，把現代詩歌史的戲擬方式和手法盡收甕底，這是他帶給我們的最大貢獻。後來者要在戲擬的道路上有所突破，不妨細讀一下這塊醒目的「指路牌」。

形式排列有仿擬〈風景〉（林亨泰），節奏語調有仿擬〈無調之歌〉（張默），語詞修辭有仿擬〈邊界望鄉〉（洛夫）。哪怕假借幾條刪除線，也不費吹灰之力完成打叉號的〈錯誤〉版（鄭愁予）。複雜一些的是將羅門的〈第三自然意象〉河流、山海，與咖啡廳、露背裝、火車牌手錶合成都市逃離曲；以林燿德的孤獨為核心，譜寫現代人的困境。以上各文本，在在表現了作者對前人、對同行、對名篇一連串的「致敬」。

「致敬」當然不夠，還需要擔當其他任務。某些看來似乎簡單的戲擬並非簡單，表面看起來〈□□台灣〉是還原向陽的同名名篇，全詩也僅僅將空格做了填空置換，其實在漫不經心的挪動中，隱含著萬人牽掛的歷史定位。與向陽的根本區別，是作者最後在空格中嵌入三次「中國」。至少在前文本懸空關係上，重新架設了一座引人注目的橋樑，從而偏正了前文本的某種「空茫」。

在語象的堆疊中，作者戲擬陳黎〈島嶼飛行〉，一口氣羅列一〇四條溪流，呈現「飛行」狀。它讓我想起二〇〇五年發生在大陸關於「瀾滄江」的激烈爭論。雲南詩人雷平陽曾將瀾滄江三十多條支流名稱，以「向西流了××公里」為牽頭，一口氣分行串聯起奔騰的大河。試看兩岸的河道幾乎同時疊影在一起，純屬偶然撞車？孰先孰後？抑或是在一次冥冥中相互拜訪——不謀而合？

〈白玉苦瓜〉基本是採用「集句」，大約有十八句之多，佔據原作三分之二，其餘有作者自己的連綴、延伸。例如中間部分參雜作者的發揮：「落腳在地瓜田而不在老母雞的懷裡，俯仰呼吸自由新鮮的空氣」，與全詩貼切一體，偶爾也插足「第三者」，例如開頭部分有白居易的「三千寵愛在一身」、結尾處有徐志摩「在這交會時互放的光亮」（〈偶然〉），由於插入部分融入整體語境而不感到唐突或強加，故而平添了整首詩的繽紛色彩。

對簡政珍的詩學專集《瞬間的狂喜》，作者是進行詩論的「語錄體」徵用，做成「以詩論詩」形式，所到之處，讓人們重溫詩是「沉默的住所」、「鐘似的滴答」和「最危險的持有物」。

敲打著瘂弦〈如歌的行板〉，作者轉而出現在現代鋼筋混凝土的高牆內，邊踟躕邊覺悟，集合社會亂象之譏刺、反諷、嘲謔，借用偶然的套子，洞穿偶然背後之必然要害：

風一般吹起來的模仿秀之偶然。打開天窗說亮話
之偶然。雞尾酒療法之偶然。暗殺之偶然。陳水扁之偶然
戴艾瑪仕穿LV之偶然。百達翡麗之偶然
五克拉裸鑽暗藏之偶然
誠品、MP3、泡馬子之偶然
宅男腐女懶洋洋之偶然

而既被目為一座寶島總得繼續挺立下去的
世界老這樣總這樣：
老母雞在海峽的對岸
小地瓜在地瓜的田裏

羅青〈吃西瓜的六種方法〉其實並不是方法論之探討，意在「推論」西瓜的血統、籍貫、哲學、版圖等五種「結構」。孟樊順藤摸瓜，分析西瓜的性質，最後呼應「吃了再說」的原題旨（也可能是被逗引的「那就不要吃了」的「第六種」方法），細究一下，孟樊多加幾筆，也是有所發展的：反正就是一刀，且不管從哪個部位下手，就此補充、完善了第七、第八種吃的方法？

白靈的〈不如歌〉，是有與無的哲思對抗，通篇採用「……不如」的連鎖方式。孟樊擇其道而反之，處處進行「反作」。只稍稍變動一下秩序，菠蘿蜜便結出另一種鳳梨來：

抓狂的有，不如平靜的無
捲熱而逃的淚水，不如坐等升溫的露珠
挺出紅心的箭靶，不如猛射亂放的箭矢
擁老鷹一隻，不如養鴿子三千
被啄，不如被吻

最後，孟樊再從夏宇的肚子裡（〈腹語術〉），淘出近三分一的詩題，重新洗牌，孕育風馬牛不相及的新產兒。是一次明知故犯的盜版，還是一場湊趣的遊戲？猶如這位無法預測的女巫，將自己第二本詩集「胡亂剪碎」，拼貼成「逆毛撫摸」。撫摸之餘，一半是驚詫，一半是疑惑。

簡而言之，孟樊面對前行代與中生代同行諸多名篇，多採用「致敬」手法，似乎溫柔有餘，威猛不夠，這肯定與其正面物件、題材有關。因此我願意說，在本質上這是一次更接近於仿擬型的「唱和」——在共同相位上的呼應。它是老中青詩人之間的友誼對話和相互激勵。我們可以聽到兩種話語之間的互融與交流，我們更多感受到前文本與仿文本之間的傳承關係。

設想孟樊筆鋒一轉，針對的是社會、經濟、文化領域的相關題材，想必他會一改溫文爾雅，對前文本進行肆意的嬉戲、挖苦，批判，貶損為紛揚的碎片。

孟樊，這隻詩歌界的雜食動物，在後現代的叢林中尋尋覓覓，幾番嘴嚼、反芻後，相信在下一回的專項行動中，會帶給我們不同於戲擬的驚喜。他的衣兜裡，不是還藏有許多鋸片和銼刀嗎？

二〇一〇年十二月七日於廈門鼓浪嶼

自序

戲擬，英文稱為parody，又喚作戲仿或諧擬，傳統文學也將之稱為擬古；顧名思義，它係以遊戲或嘲諷的方式對於原作進行模仿。穆芬（R. Mulfin）與瑞恩（S. M. Ray）二氏如此界定戲擬一詞：「戲擬是一種為了趣味的效果而模仿一特定文學作品或作者風格的文學形式，它往往嘲諷或批評那個作品、作者或風格。」

由是觀之，戲擬作為一種文學形式（若干文學辭典甚至將之視為一個獨立的文類），首先，它需要有一個被模擬的文本——也就是原作，而這被戲擬的對象文本則通常總是那些已經成為經典，或者是於特定時期已得到普遍關注乃至受到肯定的作品；接著，它以具遊戲性或嘲諷性的方式被加以仿作，而其模仿背後則往往出以批判的態度。

有鑑於此，戲擬乃接近文學批評，一來它像文學批評那樣，需要寄生於一個原生的獨立文本；二來對於它所模擬的文本，也和文學批評一樣，涉及評價問題，而且多半出以批評的態度。雖然戲擬多以嘲諷的方式批判了原作，但是戲擬本身同時也不言而喻地對原作做出肯定，蓋原作能成為被戲仿的對象，已不啻說明它所受到的關注及其重要性乃至具代表性地位。

了然於此，從事詩評與詩創作的我，在個人出版的第三本詩集會選擇戲擬詩作為創作訴求，當不難了解。戲擬詩自然是一個創作文類或形式，歷來即自成傳統，中國自西晉陸機的「擬古詩」始即開創此一文風，西洋在亞里斯多德的《詩學》（*Poetics*）中一開始也提及，詩人之所以是詩人係因他是位模仿者。我寫詩，自然也不排除戲擬詩。而戲擬詩如上所述又是寄生的（parasitic），它以另一個既存的詩文本為寫作對象，就像詩評也以詩文本為解讀對象一樣，皆涉及評價問題。我寫詩評，亦可以用同樣的方式選擇戲擬寫作來解讀另一種詩文本，換言之，戲擬詩不妨可以視之為我以詩代評的一種文學評論。

然而，戲擬詩作畢竟不是詩評，而它又是寄生的，無原作即無仿作，以此角度而論，戲擬詩不啻就是「二度創作」；「二度創作」也是創作，只是它牽涉兩種文本之間的關係，詳言之，它涉及仿作如何模仿原作。從動機和態度言，仿作可以對原作加以嘲諷、挖苦、戲謔，以至於顛覆；但也可出以臨帖、學習，乃至尊崇的態度。不管如何，仿作對於原作是否定或肯定都好，如斯創作態度都是嚴肅的；然則，戲擬詩作可否出以輕鬆的態度？也即它可不可以成為一種詩的遊戲？

美國後現代理論家詹明信（Fredric Jameson）在〈後現代主義與消費社會〉一文中提及，上述那樣的戲擬係現代主義式的文本，但是到了後現代則以混合模仿（pastiche）替代戲擬，而混合模仿則是一種「空白的戲擬」（blank parody），這種戲擬「沒有諷刺、嘲笑，也缺乏幽默」；同時他更指出，這是因為在後現代，經典創作已屬不可能之事，大師全部誕生完畢，所以後出的詩人晚輩只得模仿。

詹氏上述之說，一言以蔽之，就是「吾生也晚矣」！後生晚輩詩人在經典已林立的詩壇中，典型創作難覓，戲擬或許是條出路也說不定。此時的創作態度甚至從嚴肅到輕鬆，「二度創作」可以像現代主義那樣嚴肅，但何妨也放鬆一下，來個後現代的戲耍不算太壞；至於要像詹明信所說那般惡搞個「空白的戲擬」，應當仍說得過去。

簡言之，戲擬詩作同時兼涉現代主義與後現代主義的精神與形式，而我的這本戲擬詩集也是出於這樣的考慮。林文月在其散文集《擬古》的〈自序〉裡鄭重地表示，她的仿作乃「擬古而不泥古」，「並不想因摹擬古人而失卻自己」。我倒不作如是想。我的戲擬，可以嚴肅，可以輕鬆；可以因循苟且，可以反其道而行；可以亦步亦趨，可以大開大闔。保有自己，固然可喜；失卻自我，也未必可悲。

然則這是如何達成的？戲擬詩雖係出於模仿，但模仿並非抄襲，更重要的是它涉及對原作的改寫。戲擬的成敗，或者說戲擬有沒有意思，關鍵就在此。問題是我如何改寫原詩？可否藉由我的仿作而將戲擬的創作範圍與手法擴而大之？它的可能性可以有多大？在此，我嘗試了很多途徑，包括重整與修潤（戲擬利野蒼）、倒寫（戲擬詹冰、陳黎）、反作（戲擬白靈）、還原（戲擬向陽、林燿德）、拼湊（戲擬夏宇）、串連（戲擬羅門）、組合（戲擬水蔭萍、張默）、對調（戲擬余光中、蘇紹連、利玉芳）、置換（戲擬陳黎）、添加（戲擬羅青）……如斯「二度創作」，讓我愈「玩」愈起勁。

其實，我的年齡與詩齡皆處在一個上不上、下不下的中間尷尬期。在我之前的前輩詩人，創作典型已定，我輩難再突破；在我之後的年輕晚輩，卻也沒有我輩這種「放不開」的態度，自不妨他們的嬉笑怒罵。然而，我的戲擬詩作在此則也選擇了一個左右開弓的方式，左現代右後現代，既嚴肅也輕鬆！可我還是「向前看的」，詩集所收四十多首詩作所戲擬的現代詩人，除了過世的林燿德，渠等詩齡或年齡皆長於我，雖然拿他們的詩作一一來戲仿一番，也不論創作方式是「戲」或者「謔」，我都要向他們致敬！正是他們的創作提供了我「二度創作」的可能；更是由於他們的創作，豐富了台灣詩壇，使得台灣新詩史留下璀璨的一頁。至於晚生於我的年輕詩人們，我以及我的同輩就等著你們以新的方式來戲擬我們的詩作吧！

中生代詩人篇

附錄

資深詩人篇

戲擬楊雲萍（一九〇六—二〇〇一）

月夜

啊，真是一個好月夜。
詩人朋友何不都到這兒來？
那昨天帶回來的小魚還剩一丁點兒，
妻啊，把傍晚掘出來的筍做了菜吧！
趁著我的手頭還有半瓶紅露。

在鳳凰木下就著月光，
張我軍細數他的亂都之戀。
歌頌黑潮的楊華抬望眼說：

「月姊呵！小心些罷，
妳會給雲片遮沒的呀！」
守愚也為那月亮傾倒，
為那香味沉醉，
卻為更多的窮人在悲嘆無聊。
王白淵則開講他的荊棘之道，
想以顏料照亮夜之黑暗。
最後遲來的賴和慷慨激昂底
高聲唱出那南國哀歌……

啊，真是一個好月夜。
這蕭蕭秋月的夜晚，
死去的老樹會復活，
友人的詩作會一再被傳誦。
我們一起走下了天井，

就在這月光中，
啊，大家像魚樣地游行吧。

《自由時報副刊》，二〇一〇年十二月二十九日

月夜之二

想用松尾芭蕉洗全身肌膚，
我裸身入乳頭的氤氳中。

《乾坤詩刊》第五十三期，二〇一〇年一月，春季號

戲擬郭水潭（一九〇六——一九九五）

巧妙的縮圖

全是漫畫與文字的
公廁
一看　便令人驚訝

畫有行政院長以及執政黨人的
嘴臉，被人用紅筆打了個叉叉
一隊隊紅衫軍的怒吼
旁邊配上幾米般的雨珠
再下一點是兩個大大的

馬和扁字
壓在自殺的吊死鬼頭上
還有兩根粗大的陰莖
冒出黃色的菊花
以及向陰戶幹譙的
髒話
臭氣衝鼻

令人不得不吐痰
公廁是
統治階級未曾看過的
精密巧妙的社會縮圖

《乾坤詩刊》第四十九期，二〇〇九年一月，春季號

戲擬水蔭萍（一九〇八—一九九四）

尼姑與茉莉花

植滿茉莉花的庭園洋溢著濃暖芳郁的氣息，夜氣黏纏地磅礴著。有著姣麗面貌的尼姑端端打開了窗戶，她伸出白白的胳臂抱緊胸懷。可怖的十三圓月中，神壇的佛像有儼然的微笑。端端的眼睛隨著夜晚而興奮清醒。影翳靜寂，燈徹夜燃燒。

從尼姑庵的廂房滲漏出的不知是普羅米修斯的彈奏，或者是拿坡里式的歌曲跳躍在白色鍵盤上……端端想到：「我的眼窩下何以僅照映著被遺忘的色彩？」

丈夫一逝世少婦J就把秀髮給剪短了，白喪服裡妻子修了指甲，櫻唇飾以口紅，描了細眉。如斯窈窕的夫人對剛過世的丈夫不哭，她只是夜晚和月亮漫步於亡夫的花園。

德步西被放在電唱機上，一再旋轉。竹亭內白衣斷髮的夫人搖晃著珍珠耳飾揮動指揮棒。住在茉莉花瓣裡的精靈隨著旋律隱約地擺動。

擺動的庵堂裡如意燈燈火繼續燃燒著，青銅色的鐘盪漾著寒冷的心。端端雙手合十禱告的正廳像停車場般寒森森。

夫人獨自潸潸然淚下，粉撲波動，沒人知曉投入丈夫棺槨中的黑髮。為要和丈夫之死的悲哀搏鬥，畫眉飾唇，悲苦向誰訴，夜長人奈何？蒼白的夫人仰起臉，戴在耳畔髮上的茉莉花，白色的清香被拖向月夜之中。

紅彩的影翳裡，韋陀的降魔杵閃了光，十八羅漢跨上神虎。淚流滿面的端端昏厥而倒下。

隨著黎明的鐘響端端醒轉了，濛濛發香的線香散發著幽幽的茉莉芬芳。

正襟危坐的端端整整衣容拭乾淚漬，吟誦一陣又一陣的般若心經：觀自在菩薩，行深般若波羅蜜多時，照見五蘊皆空，度一切苦厄……。

《新地文學》第十四期，二〇一〇年十二月

《二〇一〇台灣詩選》（二魚）

戲擬利野蒼（一九一一—一九五二）

女王的夢

雨的飛沫濺上來，從開放了的窗……
用紫色備忘紙包裝的煙雲
從金色煙灰缸溜出去玩弄窗外的雨絲

——是誰？對我那麼蠻不講理……

高貴的女王遂將裸著的
脛部，彬彬有禮地收入

人造絲絹衣服的下襬
夢和夢重疊著

《乾坤詩刊》第四十七期，二〇〇八年七月，秋季號

戲擬詹冰（一九二一—二〇〇〇）

初夏的田園

胸脯上，乳房發芽了。
迎面來的少女，提著新採的白菜。
田園是綠色唱片，正響著郊外電車的旋律。
栗子的花，那是梵谷的親筆書。
剛纔，紫茄子上照映著蝴蝶的姿態。
季節在蜘蛛網上色散而成連續光譜。
孩童用睫毛看藍天，看輕風。
我發亮的皮鞋。鞋底鮮綠的嫩草。

詩人

林亨泰　的
外邊　還有
林亨泰　的
外邊　還有
林亨泰　的
外邊　還有

然而詩人　以及詩歌的迴響
然而詩人　以及詩歌的迴響

後記：本詩戲擬林亨泰的〈風景No.2〉。

《台灣詩學・吹鼓吹論壇》第八號，二〇〇九年三月
《詩報》季刊　復刊第十一期，二〇〇九年三月

洛夫丟失的一首短詩

洛夫甚麼也沒說起筆遂曰：
夫頓悟也者，乃悟中之大悟。
丟掉昔日艱澀的意象，
失去了讀詩的情趣，
的的確確任誰也說不清楚的
一首遊戲之作，總之乃
首尾難以兼顧

短短的小詩，題曰——
詩魔，並附以隱題之名。

《乾坤詩刊》第五十三期，二〇一〇年一月，春季號

背向大海

千禧年的第一道曙光
攤開一張白紙
陣陣陰風從背後吹來
千里催稿
一陣鑼鼓點子般的
大麗花
我，天涯的一束白髮
這次的砲聲是來自深沉的內部

禪的味道如何？
時間，一條青蛇似的
狂風驟雨
無論如何他不是一隻好鳥

從山上
剛入夢
一隻蒼蠅
十月，我走進她
使我驚心的不是它的枯槁
晚鐘敲過了
我是那飲馬的漢子
門敲過了

我是水
在我實際的經驗裡
櫓聲欸乃
撩起褪了色的酒招
一路行來火車開了
雪說的話並不冷

檐下滴答之聲
人散了
剪草機走過的墓地
秋，乃一美好之存在
遠方
隔壁一句低音大提琴
從左耳擦過雨便停了

沿著水涯行走
我從牠的瞳孔裡
當年，一隻迷路的耗子
他舉起刀而我舉起筆
那年在風陵渡
虱子們
石頭罵我
路人抬頭仰望

他習慣在沙灘上寫信
透過一個鑰匙孔
略帶病容
一襲寬大而空寂的袈裟
獨自坐在房間裡

慧能玩膩了鐘磬木魚
不是躑躅

船在河上行走
人間四月天
璀璨耀眼的晚霞有許多名字

《創世紀》第一五八期，二〇〇九年三月，春季號
《二〇〇九台灣詩選》（二魚）

戲擬余光中（一九二八—）

白玉苦瓜

（我在半睡半醒的四分之一個世紀醒來）
（在時光以外奇異的光中）
（日磨月蹉琢出深孕的清瑩）
（於室溫恆常濕度不變的展覽室內）
（我這只不再澀苦的苦瓜）
（曾經餵了又餵紫禁城的乳漿）
（殊不知於昏睡的夢中早已斷奶）
（詩人啊，我的圓潤而飽滿的瓜身）
（早已和這寶島濡濕的氣候融為一體）

（你不必訝異更無須歡喜）
（偶爾投影在你波心的我的光芒）
（仍翹著當日的新鮮直到瓜尖）

（你說我鍾整爿大陸的愛於一身）
（三千寵愛在茫茫九州）
（只縮成一張被皺褶過的輿圖）
（像記憶中母親碩大的胸脯）
（向那片肥沃匍匐）
（用蒂用根索她的汁液）
（我這用千年光陰被哺乳長大的嬰孩）
（也被皮靴踩過馬蹄踏過砲彈擦過）
（一絲傷痕卻也不曾留下）
（漂洋過海輾轉來到外雙溪）
（不幸呢還是大幸詩人你說）

（你說，我飽滿不虞腐爛）
（是一只鮮果熟在自足的宇宙）
（隔著玻璃與你相看兩不厭）
（猶帶著后土依依的祝福）
（是你的祝福抑或我的幸運？）
（落腳在地瓜田而不在老母雞的懷裡）
（俯仰呼吸自由新鮮的空氣）
（笑對靈魂在白玉裡流轉）
（是你以苦的意象攥奪我的商標）
（只因翠玉白菜缺乏想像的鋪張）

（那也罷了，有你的名詩這一題）
（歌詠我的生命曾經是瓜而苦）
（成果而甘，被你的詩句引渡）

（即便鄉愁曾是一彎淺淺的海峽）
（我寧願珍惜在這交會時互放的光亮）

《台灣詩學・吹鼓吹論壇》第十號，二〇一〇年三月

戲擬羅門（一九二八——）

曠野

我的視線在羅門的曠野上
行走，聯想中的光景——
餐廳咖啡廳地攤
露背裝迷你裙瘦美人
一一從都市的旋律中逃
而且痛，彷彿自焚者的告白
合演樹鳥二重唱
山與海之醉只是三十年前
那只火車牌手錶的幻影

還不如目下的垃圾車與老李
實在，飲茶無茶意
　　喝咖啡亦缺咖啡情
只能速寫詩人之死的一幅素描
以遙望故鄉之姿找尋
歲月的兩種樣子——
一種是野馬
另一種是雲
心靈的疊景自此始逐漸浮現
直至羅門在我的曠野上走失
抬頭從窗眺望
悠然見南山

《聯合報副刊》，二〇〇八年九月二十五日

天地線是宇宙最後的一根弦

天藍成印象派潑在普羅旺斯的油彩
地平線拉長為一枝梵谷摔落的畫筆
線條濃烈地描出杜夢灣的碧海白沙
是查莫洛人載歌載舞宛如熱帶魚群
宇宙最近處一三三四英呎高之海拔
宙斯與眾神賭賽狗在胡本陽山之巔
最終則與遊客宴會於砂堡晚餐劇場
後頭是滿月星光慢穿過濱海棕櫚樹
的繞指柔在五星旅館腹肚纏綿悱惻
一望無際的音樂之海波波如浪起伏

根鬚般伸展的神經是德弗札克帶來
弦樂四重奏把羅門的門打開在關島

後記：這首詩另以〈關島開門〉為題收於《旅遊寫真》詩集中。

《藍星詩學》第十九期，二〇〇三年，中秋號

戲擬錦連（一九二八—　）

死與紅茶

我做夢一樣的
想像著死——

死是豬肝紅一樣的顏色
一樣的搶眼一樣的迷醉
死一般的靜謐無聲無息
帶一點炭燒一絲焦糖的味道
輕敲著祁門的回聲
從唇，從舌，從軟軟的喉管

我這死是甜蜜的
帶有酥癢的快感
是一種似將溶化的誘惑
為這味道的繚繞

我這死是
紅茶之香

《笠》第二六二期，二〇〇七年十二月

戲擬楊喚（一九三〇——一九五四）

水果們的晚會

窗外流動著寶石藍的夜，
屋子裏流進來牛乳一樣白的月光，
水果店內的鐘噹噹地敲過了十二下，
美麗的水果們就都一齊醒過來，
榴槤率先登場站上指揮台，
這奇異的音樂會便開了場。

第一個音由一整排香蕉串起的小提琴，
拉出悠長的樂音既清又揚；

緊接著是肥美的文旦弓手齊張
一起一落低沉的大提琴聲響。
此時甘蔗悄悄地吹起豎笛應和著唱，
西瓜忽起震耳欲聾的定音鼓份外響亮，
法國號的渾厚中音由西洋梨吹奏，
把交響詩的主調吹得高亢綿長，
讓指揮忙著只顧比手畫腳。
芒果和楊桃只會笑，
不停地喊安可，不停地鼓掌。

鬧呀笑呀的真高興，
最後是全體水果的大合唱，
快樂的樂音散播了滿室的馨香，

他們唱醒了沉睡著的夜，
也唱出來了美麗的早晨的太陽。

《乾坤詩刊》第四十八期，二〇〇八年十月，冬季號

凱亞美廈湖

比天的渺漠
更近的
是雲的蒼茫
比雲的蒼茫
更近的
是山的凝立
比山的凝立

更近的
是林木的肅殺
比林木的肅殺
更近的
是水的清冽
比水的清冽
更近的

是我手中捧讀的
禽商那本
被倒過來看的實現超
再遠也比不上
水的清冽

只因一路行來
反覆用腳思想
在凱亞美廈湖

《創世紀》第一四二期，二〇〇五年三月，春季號

附錄：

凱亞美廈湖——戲擬孟樊戲擬商禽

林德俊

比他的望眼
　更深邃的
是孤獨的肉身
比孤獨的肉身
　更深邃的

是思想的腳印
比思想的腳印
　　更深邃的
是人生的寸尺
比人生的寸尺
　　更深邃的

是此生之外
讀詩你我的
此　生之內

註：此詩仿商禽同名詩作〈凱亞美廈湖〉（一九七〇）之句構，孟樊曾作一同名詩〈凱亞美廈湖〉，副題「戲擬商禽」。本詩同時戲擬前二首作品，以為致意。

剪刀

眼瞧著
楊喚用一把
銀色的剪刀
輕輕地裁開
那暗藍色的星幕

對著
剛剛升起
向明的晨曦

於是乎
張默才恍然大悟
「斯之謂詩矣！」

後記：六十多年前楊喚以一把裁紙刀割斷「藍色的河流」（〈垂滅的星〉），六十年多後張默用另一把剪刀刺穿剛升起的晨曦（〈剪刀〉），卻被向明針砭一番，令張默頗不以為然。本詩誌茲事以為一哂。

《新地文學》第十四期，二〇一〇年十二月

露水以及無調之歌

露水橫過天空
月在樹梢漏下點點煙火
天空橫過棕梠
點點煙火漏下細草的兩岸
棕梠橫過咱們的眼睫
細草的兩岸漏下浮雕的雲層
咱們的眼睫橫過水鳥的翅膀

浮雕的雲層漏下未被甦醒的大地
水鳥的翅膀橫過
未被甦醒的大地漏下一幅未完成的潑墨
一頁正在發獃的大地

露水以及
棕梠以及
天空以及
水鳥與眼睫
都是空虛而沒有腳的
地
平
線
急速的漏下

我是千萬遍千萬遍唱不盡的陽關
直到歷史一疋一疋地列隊長嘯而去

《創世紀》第一五八期，二〇〇九年三月，春季號

瘂弦（一九三二—）

如歌的行板

偶然之鎮暴
偶然之否定
偶然一口維士比和一小株梅花
正正經經在家看飯島愛作愛之偶然
以及春上村樹並非爵士此一認識之偶然
選戰，垃圾，大聲公，記者與SNG之偶然
戒嚴之偶然
打高爾夫之偶然

騎單車撞死之偶然
每天跑銀行三點半吃沙西米

風一般吹起來的模仿秀之偶然。打開天窗說亮話
之偶然。雞尾酒療法之偶然。暗殺之偶然。陳水扁之偶然
戴艾瑪仕穿ＬＶ之偶然。百達翡麗之偶然
五克拉裸鑽暗藏之偶然
誠品、ＭＰ３、泡馬子之偶然
宅男腐女懶洋洋之偶然

而既被目為一座寶島總得繼續挺立下去的
世界老這樣總這樣：——
老母雞在海峽的對岸
小地瓜在地瓜的田裡

《聯合報副刊》，二〇〇九年十月十五日

戲擬創世紀三老

首爾詩抄

說著說著
我們就到了漢江畔
艷陽在樹梢漏下暖暖春意
暖暖春意漏下摩登的兩岸
摩登的兩岸漏下櫛比鱗次的高樓大廈

櫛比鱗次的高樓大廈浮雕的雲層
正升起，我們在茫然中煞車四顧
眼眸開始出汗

擋風玻璃內擴大數十倍的視覺
亂如川流不息的交通
當焦距調整到令人心醉的地步
清溪川的涼迎面撲來

把我撞成了
嚴重的內傷
是仁寺洞的泡菜
和飲歸天茶舍的茶香
當五月所有的美麗被電解
辛辣與我的放縱緊緊膠著
我的心遂還原為
從春川唱出的一支冬季戀歌

而這時，昌德宮以風發音
那叮噹的花樹倩影
一聲聲穿透異鄉
春醒的大地如歌之行板
漏下一幅未完成的潑墨
一幅未完成的潑墨漏下
溫柔之必要
肯定之必要
一點點梨花酒和山櫻花之必要
正正經經看大長今演出之必要
君非裴勇俊此一起碼認識之必要
世界沒有漢城，這裡有路
一切是指向首爾的——

金剛在遠遠的山上
木槿在木槿的田裡

後記：本詩曾收錄於《旅遊寫真》詩集中，戲擬了洛夫的〈邊界望鄉〉、張默的〈無調之歌〉與〈關於海喲〉、瘂弦的〈如歌的行板〉與〈芝加哥〉等詩詩句。

《聯合報副刊》，二〇〇七年五月四日

戲擬鄭愁予（一九三三—　）

錯誤

我打江南走過
那等在季節裡的容顏如蓮花的開落

東風不來，三月的柳絮不飛
你底心如小小的寂寞的城
恰若青石的街道向晚
跫音不響，三月的春帷不揭
你底心是小小的窗扉緊掩
我達達的馬蹄是美麗的錯誤
我不是歸人，是個過客……

微悟

在妳的胸臆，行舟於萊茵河的夜啊
　水上我愛的那人正唱著天籟
她的歌聲一再地繚繞，萊茵河的夜
　她吸走了我的耳
　　我的眼
　我的口
……

後記：萊茵河長久以來流傳一個有關羅蕾萊女妖的傳說，她會以致命的美妙歌喉媚惑往來的騎士與水手，將他們置於死地。

《人間福報副刊》，二〇一〇年十一月一日

翅膀的煩惱

飛，來自
莊周哲學。

翅膀的煩惱是，
把飛的責任卸除；
而飛的慾望則是
必須使出全力，

張開翅膀
迎向蒼穹。

飛卻載不走翅膀，
載離的是牠的煩惱；

令人煩惱的是，
翅膀竟不知——
飛其實是不飛啊！

《人間福報副刊》，二〇一〇年十一月廿九日

夢

不敢入詩的
都來入夢

夢是隱身術
生老病死
求不得苦
一一在喁喁囈語
逃遁

不敢入夢的
都來入詩

詩是顯影劑
愛別離怨憎會
五陰熾盛
通通在字裡行間
現形

《笠》第二七九期，二〇一〇年十月十五日

中生代詩人篇

戲擬李敏勇（一九四七——）

從有鐵柵的窗

還記得嗎？
那晚，
依然是下著雨的那晚，
我們站在屋內的窗邊。
你朗讀了李敏勇的一首詩：
「我要你看對街屋簷下避雨的一隻鴿子
牠正啄著自己的羽毛
偶而也走動著
牠抬頭看天空

像是在等待雨停後要在天空飛翔
我們撫摸著冰涼的鐵柵
它監禁著我們
說是為了安全
……
……」

我順手指著飄搖在雨中
一面被遺忘的旗幟，
不禁悲哀起來，
想起家家戶戶依賴著鐵窗
把世界關在外面，
僅能望著那面潮濕逐漸萎頓的旗。
從有鐵柵的窗，
我們不去考慮鐵柵的象徵，

它那麼荒謬的嘲弄著我們
甚至不如一隻鴿子；
鴿子在破曉前飛旋
在雨停後潔淨透明的天空。

從有鐵柵的窗，
你要我們走出「暗房」，
踩在溫潤的街道上，
去呼吸新鮮芬芳的空氣。

《笠》第二七六期，二〇一〇年四月十五日

吃西瓜的第六種方法

西瓜不是冬瓜，
而冬瓜也非南瓜；
所以想吃的時候，
不用跑到北方
穿皮裘大衣。

西瓜不是來自西方，
而是台灣土產的品種；
所以它亦不能叫胡瓜，

你只要準備一把西瓜刀，
不必去管它是什麼血統。

既然西瓜不怕侵略，
更不懼死亡，
不用理它是如何結構，
也不須了解怎麼解構，
反正就是這一把
刀，哪需要九把？

至於該從哪個部位下手？
羅青吃西瓜的方法說：
「吃了再說」

《創世紀》第一六〇期，二〇〇九年九月，秋季號

獸

暗綠色的叢林裡一塊隱蔽的空地上，麇集了眾多來自各處的幼獸。眾獸推派我這隻經驗豐富的人猿權充教師，教導他們認識「人」這種濫捕亂伐的動物。教了一整個上午，費盡心血，他們仍然不懂，只是一直瞪著我，我苦惱極了。我偽裝成「人」走路的樣子，模擬牠講話的聲音，背後矗立的千年神木始終默默無語。靈機一動，我找到一把「人」丟失生鏽的斧頭，拿將起來反身往神木的底部用力砍了下去，一直到森森的木屑落滿了濕地，再轉頭講解。

然後我驀地隱約聽到一聲聲極為細微的啜泣，從背後傳來。轉身低頭一看，令我不能置信，龐大的樹木軀幹竟汩汩地流出一道鮮紅的血液，我指著自己吼著：「這就是人！這就是人！」幼獸們都嚇哭了。

《創世紀》第一五五期，二〇〇八年六月，夏季號

給壞情人的現代啟示錄

我不再愛你了！再見
我只要去造反！

當初你在我耳畔喁喁低語的話
像那暗藍色的酸雨一點一滴
敲不出鍵盤上任何我讚美你的句子
親愛的，Facebook上的甜蜜咒語
不再令我魂牽夢繫低迴不已

哦，你慣有的精緻話語
精雕細琢如醉人的如夢令
既古典又現代得優雅
就像我的精神導師蘇格拉底
以哲學的高度戴我空中飛行
窺探大千城市的奧秘

以佛洛伊德信徒自居的你
喜歡在沒血色的黃昏一起惡作劇
以墮落橫掃大街小巷的暗黑
用藍波刀狠狠割斷沉沉的夜色
頑皮地說：「再撿拾一些兒褲襠裡的鳥蛋
去扔擲一〇一大樓的帷幕！」
那是我們和人群的一種遠離

像你我這樣的人總一大把
「不一定可怕啊！」我的卡爾維諾
只有跟社會作弊才是硬道理
這就是你給我的下一輪的千年備忘錄
讓我半是驚訝半是歡喜

但你實在壞透了，可愛又可恨的
雄性動物，我褲襠內又沒鳥蛋推擠
來自你身上分泌的性腺和唾液
分分秒秒要我跟你去擠壓
一古腦把我塞進那充滿肉慾的
潛意識之海浮浮沉沉
如果那味道不再這麼甜蜜

我真的不再愛你
愛情是我們女人的原罪
我只能下線跟你說拜拜
明天我就去造反！

戲擬簡政珍（一九五〇——）

詩的瞬間狂喜

寫詩的瞬間是
自我的獨白
獨白的前奏是
眾聲交響
在弦外之音
語意款款而流
之後，文字變成沉默的住所
詩人在此垂釣
以書寫空間面對時間的洪水

生命在這個瞬間迸出火花
看到萬物的因果世事的輪迴
一個撼人的意象隨著
紙張的飄落記憶的褪色
飄離文字
只有此時此刻最為真實
它發出時鐘似的滴答
訴說時間無形的魔影
又以即將喑啞的聲音
標示存有一秒秒的消失
詩是最危險的持有物

《創世紀》第一六一期，二〇〇九年十二月，冬季號

不如歌

抓狂的有，不如平靜的無
捲熱而逃的淚水，不如坐等升溫的露珠
挺出紅心的箭靶，不如猛射亂放的箭矢
擁老鷹一隻，不如養鴿子三千
被啄，不如被吻

《乾坤詩刊》第五十一期，二〇〇九年七月，秋季號

戲擬利玉芳（一九五二—　）

古蹟修護

日漸疏離妳的
　　遺忘妳的
我這雙已經略顯粗糙的
手

在妳瘦了的乳房
重新索求
流連少婦初給時的豐滿
甚且把歲月殘留的情

用來貼緊妳肚皮上斑駁的
孕紋——

手
啊
　　整修妳的
是我那繾綣的愛
妳不必訝異
更毋須歡喜
這一點一滴
老來的
復健……

戲擬陳義芝（一九五三—　）

住在衣服裡的女人

妳渴望我覆蓋，風一般輕輕壓著妳
以我細緻如蟬翼貼身的夜衣
或彷彿就是妳自身的肌膚

牛仔褲是流行的白話
寫著桀驚不遜的抵抗話語
春天一呼喚，我絲質的襯衫就秀出妳
兩朵粉色的花苞給如夢的人生看

迷你裙有現代的文法
銘刻著激昂頌歌的短章
夏天一吶喊，我網狀的長筒襪就展露妳
兩只纖長的秀腿挑逗宅男的慾望

開叉裙像古典的文法
書有一闋長篇的祈禱詞
秋天一長嘆，我妖嬈的旗袍就擺出妳
一身玲瓏的曲線吸引熟男的目光

貂皮大衣如聖經紙印的字典
緊密又紮實如妳奧秘的身體
冬天一呼氣，渴望我套頭的圓領衫
埋入妳豐厚的胸脯，陷身桃花源

妳渴望穿我，當披肩滑落勢如閃電
百褶裙像黃金的穀倉微妙擺動
寬鬆衣襬下如波浪般搖蕩
一組猶待破解的傳訊密碼

多像一隻遠遁人煙之外
卻愛戀著人世的狐
妳豈是我遺失的那根肋骨
或者我應是黏附妳身的一塊肉
降謫於床笫，化身成一條天譴的蛇

空氣在摩擦，日光在接吻
妳我相依相偎，水乳交融
妳刺探衣服的密碼
我專攻身體的誘惑

例如鈕扣鬆脫拉鍊滑雪
以及那分分秒秒念著
521521……心照不宣的咒語

《乾坤詩刊》第五十八期，二〇一一年四月，夏季號

戲擬陳黎（一九五四—　）

島嶼飛行

我聽到他們齊聲對我呼叫：
「會發亮的山，你趕快發口號吧，
我們早就準備好列隊校閱啦！」
那些由北到南自西至東的
老老少少
大大小小
男男女女
姿態各異的夥伴，

在那裏集合依序排列，
聚合在我相機的視窗裡，
如一張袖珍地圖：

淡水河　基隆河
　　　　新店溪　安坑溪　景美溪　北勢溪　南勢溪　桶後溪
　　　　雙溪
　　　　磺溪
　　　　大漢溪　三峽河　白石溪

鳳山溪
頭前溪　油羅溪
中港溪　南港溪
　　　　峨眉溪
後龍溪　老田寮溪
　　　　西湖溪

大安溪
大甲溪　　志樂溪
南湖溪　　合歡溪
大肚溪　　貓羅溪
南港溪　　眉溪
濁水溪　　清水溪　　加走寮溪
水里溪
陳有蘭溪
丹大溪　　郡大溪
卡社溪
萬大溪
新虎尾溪
北港溪　　大湖口溪
三疊溪
朴子溪

八掌溪　頭前溪
急水溪　龜重溪
　　　　白水溪
曾文溪　菜寮溪
　　　　後堀溪
鹽水溪
二仁溪
阿公店溪
鳳山溪
典寶溪
高屏溪　旗山溪　美濃溪
　　　　荖濃溪　隘寮溪　武洛溪
　　　　　　　　濁口溪
　　　　　　　　寶來溪
　　　　　　　　拉庫音溪

東港溪
林邊溪
率芒溪
枋山溪
楓港溪
四重溪
保力溪
港口溪
太平溪
利嘉溪
知本溪
卑南溪
鹿野溪
鹿寮溪
新武呂溪
秀姑巒溪
富源溪

豐坪溪
拉庫拉庫溪　清水溪
花蓮溪　木瓜溪
壽豐溪
萬里溪
馬鞍溪
南澳溪　南澳南溪
和平溪　和平北溪
立霧溪　大沙溪
蘭陽溪　宜蘭河
冬山河
清水溪
羅東溪
得子口溪

汀州路二段

泉州街
螢
橋
國
小
螢橋國小附設幼稚園
二段六巷
元揚商行
二段十二巷
裕杰商行

宏有號
中　正　橋
威利聯廚
冠盛廚具
蒙山牌亞豐廚具
進春膠業公司
吉興中藥店
林內金振豐廚具行
三民牙醫診所
南騰原礦公司
長頸鹿兒童美語
全家便利商店
廈　門　街

《創世紀》第一六五期，二〇一〇年十二月，冬季號

小城

富士快速沖印
紅蓮霧理容院
大元葬儀社
郵局
四季咖啡
美體小舖
人人動物醫院
中國鐵衛黨
專業檳榔
固特異輪胎

常春藤素食

真耶穌教會

液香扁食店

震旦通訊

收驚

百事可電腦

凹凸情趣用品店

惠比須餅舖

肯德基炸雞

阿美麻糬

遠東百貨公司

羅智成（一九五五—）

夢中書房

我的書房是
我疏於打掃的秘教聖堂
萬里長城般的書冊
五顏六色忙亂成一團

我翻開一本桀驁不馴的書
看見還來不及出生的文明
或已過度發展的文明

怯生生徘徊在羅智成的
夢中書房

啊，那人類冷僻心靈的收容站
在乍醒著的睡眠裡
讓我一不留神溜了進去

我趿著拖鞋
像一個幾米的粉絲
旅行過城市　島嶼
村落　書店　花園　古厝
最後回到藏著許多詩集的書房來

翻來覆去
橫面而來的卻是——

理論白，批評黑
文學紅，歷史青
政治社會則不分青紅皂白

而我一直沒找著我要的那本詩集
在我的書房
只見夢中書房
留下孤單的身影
一言不發落落寡歡

《新地文學》第十四期，二〇一〇年十二月

□□台灣

台灣□□□
□□□□□□□□□
□□□□□□□□□□□□
□□□□□□□□
台灣□□□□
□□□□□□□□□
台灣□□
□□　□□

□□□□□□□
台灣
□□□□□□□□
台灣　台灣
□□　□□

□□□□□□□□
□□□□□　台灣
台灣　□□□□□□□□□□□
台灣　□□□□□□□□□□
台灣　□□□□□□□□□
台灣　□□□□□□□□□□□
台灣　□□□□□□□□□
台灣　□□□□□□□
台灣　□□□□□□□□□□□□□

□□□□□□□□
□□　□□□　台灣

□□□□□台灣
□□□□□□台灣
□□□□，□□□□□
□□□□□□□□
□□□□□□□□□□
□□□□□□□□□□
□□台灣□□□□□□
□□台灣□□□□□□□□□

台灣□□□
□□□□□□□□□□
□□□□□□□□□□

□□□□□
台灣□□□
□中國□□□□台灣□
□□□□中國□

台灣□中國□□
□□□□台灣□□□□□□

《台灣詩學・吹鼓吹論壇》第七號，二〇〇八年九月

逆毛撫摸

逆毛怎麼撫摸？肉和桂。肉叫做地中海式的夏天，
夜裡貓咪爬上我的膝頭打呼嚕。桂是絕對無所事事的茴香酒。
卡里哥野地上開完了瑪格麗特菊就是百里香。
1.5cm×1.5cm，那些字一個一個斗大，像一個小小的森林
枝椏交錯柔條漏金。令人錯愕的語音的灌木叢。
亨利米修說。他們是一些回聲，是腹語的腹語
（的腹語的腹語）：像塞尚的水果這些字充滿了取捨決定。
陽光像一支編制龐大的爵士樂隊時不時就有整排
六個小喇叭手站起來齊聲朝空演奏，就像一面乾淨的大玻璃

等著要碎那音拉到最高。我甚至願意喜歡它的氣味，
因為這兩個字的奇異組合肉桂。字是肉桂。
是黃金、乳香和沒藥。夏天差不多是用來浪費的（十點半天快黑時
帶狗散步，貓是絕不會理你的）——夏天除了用來浪費
簡直不知道還有什麼別的用途。
混散完步回來毛裡纏著野蒺藜帶刺的果實。
蕃茄青椒紅椒茄子胡瓜蒜月桂葉百里香橄欖油，冷食；
某躲閃、逃遁、遺忘，某嫌惡、某錯愕、某轉移、誤導。某劫持。
某離開正路。安靜地站起來走動躡足穿過所有房間。
想想這些沒有機會成為另一些詩的詩。
「陰影、縐摺、口袋，和意識形態」巴特說
他覺得沒有一個字是無辜的。
我在台灣某個八月的清晨對著夏宇這樣逆毛撫摸。

《台灣詩學・吹鼓吹論壇》第六號，二〇〇八年三月

我正百無聊賴妳正美麗

但是我忽略健康的重要性
以及等待使健康受損
以及愛使生活和諧
所以

只有咒語可以解除咒語
只有秘密可以交換秘密
只有謎可以到達另一個謎
只有

除了建議一起生一個小孩
沒有其他更壞的主意
我正百無聊賴
而妳正美麗

而妳正美麗——
只有夏宇可以更
夏宇

《聯合報副刊》，二〇〇九年六月三十日

在蒙馬特讀腹語術

讓我把你寄在行李保管處
在牆上留下一個字
下午茶
開始
秋天的哀愁
在另一個可能的過去
當傾斜的傾斜重複的重複
時間如水銀瀉地
乃悟到達之神祕性
在命定的時刻出現隙縫

背著你跳舞
嚇啦啦啦
逆風混聲合唱給ㄈ
我確實在培養著新的困境
記憶
齟齬
莫札特降E大調
在陣雨之間
詠田園
詠物

一些一些地遲疑地稀釋著的我
在港口最後一次零星出現
而他說6點鐘在酒館旁邊等我

我在巴黎夏宇住過的蒙馬特讀
她的腹語術目錄
上述順序像街頭那位大鬍子
畫家的臉
非常的藍調

後記：本詩另以〈在蒙馬特讀夏宇〉為題，收入《旅遊寫真》詩集中。

《台灣詩學季刊》第四十期，二〇〇二年十二月

戲擬劉克襄（一九五七—）

知識份子

上個世紀開發中國家的台灣
不滿時政的知識分子
他們於報刊上口誅筆伐
引導自己的民眾

同樣的知識份子在這個世紀
他們坐在攝影棚內
以口沫橫飛地爭辯
黨同伐異自己的敵友

在我的書齋打新注音輸入法

友時紅色太多，或者藍色過濃
孤獨是洶湧澎湃的調色盤
架上放，桌上擺，風吹一陣又一陣
琤琤淙淙蜿蜒的膝澗窗前流過
是黃鶯鶯明還是秋蟬鼓譟
一頁扁周緩緩滑過
在伯伯夷業的雅嫻裡

洩漏的琴音五彩繽紛

從蕭邦道德布希
婉如萬碼奔騰於山或的抽象畫一幅
扛起綠草如茵的整面牆壁
做對偶爾失眠的疲態
難免感官之必要，或者
溫柔之必要

小說進，散文出，盡盡出出
馬不停蹄的感覺像調色盤
玫瑰花家橡皮擦錯落有痣
遺漏的字句，彈錯的音符
向邱天剛過完的心情
有極有徐的呼吸也會拍子布衣
五顏六色盲亂成一團
泰山壓頂是萬里長城般的書頁

橫面而來，理論白，批評黑
文學紅，歷史清，無言被隊
政治社會則不分青紅皂白
隨手拈來桌前
仙人掌一株
攤開
再攤開
掌中詮釋

雪
午夜從窗外飄進來

《創世紀》第一五三期，二〇〇七年十二月，冬季號

戲擬林燿德（一九六二—一九九六）

五〇年代

孤獨的孤獨的孤獨的孤獨的孤獨的孤獨的孤獨的孤獨
的孤獨的孤獨的孤獨

當你重複在紙上寫下十個「**孤獨的**」或者更多，
孤獨也擁擠得**孤獨**不起來了。
好比月亮，
在詩集的封面畫上一千個也無濟於事；
它活該淪落在地球的另一半時，
如何祈禱也不會出現在誰**孤獨的**額頭上。

好比狼，
好比熱帶島的午寐，
好比復國的幻覺，
好比檳榔樹漂泊海濱
甚至好比自慰好比

，啊五〇年代是**孤獨的**
如果沒有煙斗拐杖存在主義
如果沒有紀弦

《創世紀》第一五六期，二〇〇八年九月，秋季號
《二〇〇八台灣詩選》（二魚）

古詩人篇

戲擬李商隱（唐）

襪

之一

妳是嫦娥麼？
踩著銀河的水聲一步一步
從十五月圓款步而來
在清秋的季節

妳的白襪浸濕了
皎潔的月光在夜未央

我想以滿懷的思念
為它吹氣
金風一揚

原來是睡榻旁的妻
二十年前
在夢裡渡河
向水之湄的我
輕快地招手

之二

妳是宓妃嗎？
踩著洛水的水聲一步一步
神不知鬼不覺地
在清秋的季節
穿過層層的雲霧走來

絲質的妳的銀襪
浸濕了吹彈可破的肌膚

耳聞七弦琴的樂音
是我悠悠的情慾
一任金風輕拂

原來是我的地下情人
在二十年後
透過電腦螢幕
頻頻向我招手

《新地文學》第十四期，二〇一〇年十二月

戲擬白石道人（宋）

點絳脣

這時候是秋天。
秋天有秋雁追逐著
遠天的彤雲，
把我眼前的這面太湖
索性也一併啣走。

合該有我此刻思念的倩女，
姍姍在新世紀的庚寅年現身。
只見愁苦的山峰數座，

對著寂寥的黃昏
醞釀著一場及時雨。

想我在旅居的楓林小橋，
起一座名曰蠡園的香巢，
雕刻時光共許粉紅的誓言；
以我擅於音律的工筆
描繪妳薄薄的櫻唇。

雖然如斯思念未免矯情，
雨滴的欄杆仍不免拭淚。
妳呢，好似湖畔低吟的殘柳，
依舊舞動著弱不禁風的腰肢……

《新地文學》第十四期，二〇一〇年十二月

附篇

舞姿——看圖作詩

萬籟俱寂從我的視網膜
逐漸蠢動繼而湧現
隨即停格在眼前這身
冰刀刮出的舞姿

那曼妙的女郎身影
將所有的暗黑收束成
一闋流動的水上音樂
然後從照片再度折射——
播放我滿屋子的燦爛

後記：本詩應邀看圖——照片作詩，由於該照片未獲著作權人同意配合刊登，因而原照片在此只能付諸闕如。讀者或可反其道而行，由詩去想像原圖——這也不失為一種與作者共同參與的創作遊戲。

《國語日報》第五版，二〇〇八年七月二日

附錄

孟樊〈我的書齋〉之表現手法

李桂媚

我的書齋

有時紅色太多，或者藍色過濃
孤獨是洶湧澎湃的調色盤
架上放，桌上擺，風吹一陣又一陣
琤琤琮琮蜿蜒的溪澗窗前流過
是黃鶯嚶鳴還是秋蟬鼓譟
一葉扁舟緩緩划過
在薄薄一頁的瘂弦裡

洩露的琴音五彩繽紛
從蕭邦到德布西
宛如萬馬奔騰於山壑的抽象畫一幅
扛起綠草如茵的整面牆壁
坐對偶爾失眠的疲態
難免感官之必要，或者
溫柔之必要

小說進，散文出，進進出出
馬不停蹄的感覺像調色盤
玫瑰花加橡皮擦錯落有致
遺漏的字句，彈錯的音符
像秋天剛過完的心情
有疾有徐的呼吸也會拍子不一
五顏六色忙亂成一團
泰山壓頂是萬里長城般的書頁

橫面而來，理論白，批評黑
文學紅，歷史青，無言背對
政治社會則不分青紅皂白
隨手拈來桌前
仙人掌一株
攤開
再攤開
掌中全是
雪
午夜從窗外飄進來（孟樊，1992: 15-17）

一、前言

孟樊的〈我的書齋〉一詩於一九九二年二月十日發表在《聯合報》副刊，後收入詩集《S. L.和寶藍色筆記》（孟樊，1992）。本文將運用新批評（new criticism）的手法來闡釋此詩，期能通過就文本論文本的細讀法（close reading）[1]來理解詩意，此其一也；再者，本文試圖更進一步剖析此詩的藝術技巧及其效果，此其二也；此外，誠如羅智成所言：「當有人欣賞你的作品／很可能他誤解了。／很可能你對自己經驗的發掘／還沒深到只有自己理解的程度」（羅智成，1989: 12），或許，透過細讀文本能夠挖掘到連作者都未必察覺的內在，此其三也。

二、詩意的推展

題目命名為〈我的書齋〉，可推知此詩以書齋為描述對象，而「我的書齋」究竟是作者現實生活的書齋描繪，抑或作者心中的理想書齋形象，則有待文本來為讀者揭露。此外，以〈我的書齋〉為名，詩中卻沒有出現「我」這個主詞，一方面可視為作者用字之精練，另一方面，可說是通過「我的書齋」來對應出一個「共通的書齋」。

全詩分為五段，詩開頭即點出書齋中的情緒：「有時紅色太多，或者藍色過濃／孤獨

1 細讀法是新批評的批評方法，以文本作為解讀依據，經由細讀文本來挖掘不易察覺的意義（孟樊，1998: 72；趙毅衡編，2001: 490）。

是洶湧澎湃的調色盤」，紅色是暖色調，屬於能引發興奮感的顏色；藍色是冷色調，屬於能帶來沉靜感的顏色。而紅色象徵著熱情、快樂、憤怒；藍色則象徵著冷漠、沉著、憂鬱（何耀宗，1984: 65-70；谷欣伍，1992: 182-4）。然而，不管是暖色還是冷色，不論是興奮或者悲傷，都處於太多與過濃的過度狀態，就連孤獨都是洶湧澎湃的，而孤獨也正如調色盤般的調和了冷與熱、憂與喜的心情。

「架上放，桌上擺」的是書，「風吹一陣又一陣」的是思想，「琤琤琮琮蜿蜒的溪澗窗前流過」表達了書本與讀者思想交換的流動感，而「琤琤琮琮」表面上是形容水流的聲音，實質上指的是書本或書齋中的音響，抑或作者思想起伏產生的樂章，這些音律可以是悅耳的「黃鶯嚶鳴」，也可能是吵雜的「秋蟬鼓噪」。接著，「一葉扁舟緩緩划過」窗前蜿蜒的溪澗，一如思緒緩緩流動於書齋之間，開展於「薄薄一頁的瘂弦」之中。

書齋裡，「洩露的琴音五彩繽紛／從蕭邦到德布西／宛如萬馬奔騰於山壑的抽象畫一幅／扛起綠草如茵的整面牆壁」，書中蘊藏的思想，如同蕭邦的浪漫抒情，亦如擅用音色變化的德布西，能引發欣賞者無限的情感想像；而書齋藏書之豐富，正如萬馬奔騰山壑之雄壯，書中思想情感之無盡，則像抽象畫般充滿想像。再者，「綠草如茵的整面牆壁」，不僅透露了整面牆壁都是書，更進一步以「綠草如茵」象徵思想的濃密與生氣盎然。

然而，思緒難免會有起伏的時候，此時，「坐對偶爾失眠的疲態／難免感官之必要，或者／溫柔之必要」，面對疲倦與失眠的無奈，任何感官的感覺，都成為一種必然，或許，轉換成溫柔的姿態來應對也是必要的。而「溫柔之必要」出自瘂弦〈如歌的行板〉一詩，在第二段結尾引用瘂弦的詩句，與第一段最末提及的瘂弦成為呼應。

「小說進，散文出，進進出出／馬不停蹄的感覺像調色盤／玫瑰花加橡皮擦錯落有致」，在書本相繼開合之際，思緒不斷湧現、消退，一連串的交織作用就像調色盤一樣，雖然參雜著各式各樣的色彩，仍能予以調和，而玫瑰花具備著裝飾的功能，橡皮擦則有擦拭、抹除的作用，在一增一減之間，難免也會出現「遺漏的字句，彈錯的音符」，這些偶然的錯誤，「像秋天剛過完的心情／有疾有徐的呼吸也會拍子不一」，不禁讓調色盤內「五顏六色忙亂成一團」。從「遺漏」、「彈錯」到「拍子不一」、「忙亂成一團」，這些詞組都表現出不協調的感覺，而「秋天剛過完的心情」正象徵著多愁、善變的情緒，在忙亂的心思下，書頁頓時變得如「泰山壓頂」般沉重。此外，「五顏六色忙亂成一團／泰山壓頂是萬里長城般的書頁」也可作另一種解讀，「泰山壓頂」、「萬里長城般」所形容的是書齋藏書量之多，而「五顏六色」是形容書櫃的面貌，因為藏書眾多，架上的顏色也就跟著多了。

書架上擺放著各式書籍，「橫面而來，理論白，批評黑／文學紅，歷史青，無言背對／政治社會則不分青紅皂白」，理論給人比較崇高的感覺，所以「白」；批評總是給人負面的印象，所以「黑」。此外，文學長紅，史書為青，而政治社會則往往不識黑白、不分青紅，作者在此不僅為每個書種搭配上符合特性的顏色，更巧妙地運用「青紅皂白」回扣前面的「白」、「黑」、「紅」、「青」，就連顏色順序都恰好顛倒，而政治社會不也常常是顛三倒四的嗎？

「隨手拈來桌前／仙人掌一株／攤開／再攤開／掌中全是／／雪／午夜從窗外飄進來」，「仙人掌」指的是書，所以能被「攤開」、「再攤開」，同時，「仙人掌」也代表著強韌的生命力，象徵不斷綿延的知識，與思想的堅韌。「掌中全是」則可以理解成掌中攤著隨意取出的書，也可以連接下一段的「雪」來解讀，即攤在掌中的是窗外飄進的雪，「雪」象徵著純白，或許可以解釋為掌中的書正是白色的理論，也或許「雪」是寒冷的，一如詩於開端所言「孤獨是洶湧澎湃的調色盤」，閱讀本來就是孤獨的。

三、意象的律動

意象是現代詩的重要技巧，意象可說是「意中之象」，包含了由「意」生「象」的過程及其形成的美感，藉由欣賞意象之美，也能感知作者蘊藏於作品中的情意（李瑞騰，1997: 45；張梅芳，2001: 21）。〈我的書齋〉一詩運用了大量的視覺意象與聽覺意象，帶給讀者視覺與聽覺交融的感受，在意象的使用與轉換中，更可發覺作者的巧思。

首先，作者將對立性的意象並置，在形成對比的同時，亦強化了詩的張力，進而豐富了詩的意涵，如：第一段的「紅色」與「藍色」，第四段的「白」與「黑」、「紅」與

「青」。顏色原有的色彩象徵，再加上對比色彩並列的意象效果，帶給讀者更多元的感受與聯想，就意象的對立性來解讀詩句，「紅色」傾向活力的象徵，「藍色」則是憂鬱的代表，欣喜與憂愁是書齋中常現甚至並存的情緒；「白」被視為正面評價，「黑」被當作負面評價，正符合理論給人的正面印象，批評予人的反面形象；「紅」為感性，「青」是理性，文學以虛構為主，歷史則強調真實。若試圖在並置意象中尋找共通意義，進行另一層面的解讀，可發現，「紅色」與「藍色」都是色彩飽滿的感覺，展現了思緒與情感的豐沛；「白」與「黑」均是堅固、穩定感的色調，表示理論與批評都是能夠站穩腳跟的；而「紅」與「青」同樣是明亮的色彩，傳達出文學與歷史皆能源遠流長。

在聽覺意象的部份，作者在第一段運用了「琤琤琮琮」、「黃鶯嚶鳴」、「秋蟬鼓噪」等形容，緊接著在第二段指出「洩露的琴音五彩繽紛／從蕭邦到德布西」，強化了書齋中的音樂感，最末，「雪／午夜從窗外飄進來」，整首詩洩露的音響瞬間凝結了，琴音繽紛到此處已是雪落無聲，此外，從有聲到無聲，正如色彩繽紛到此只餘一片純白。

另一方面，此詩處理意象與意象間的轉化相當靈巧，如第一段先使用色彩和調色盤來形容思緒，同時以「洶湧澎湃」來強化孤獨，繼而以「架上放，桌上擺，風吹一陣又一陣」作為過渡，轉入「琤琤琮琮蜿蜒的溪澗窗前流過」的室外場景，接著，「琤琤琮琮」又轉換成了另一種音響，「黃鶯嚶鳴」與「秋蟬鼓噪」，之後，出現「一葉扁舟」回應前面的「溪澗」意象，而「一葉扁舟」最末便划進了書頁，場景再度回到書齋內。又如第二段先運用「五彩繽紛」的共同特性，將「琴音」轉化為「抽象畫」，再由「萬馬奔騰於山壑」過渡到「綠草如茵」，把「抽象畫」轉化成「整面牆壁」。

四、譬喻的運用

除了前述的意象外，譬喻也是現代詩的常見技法之一，譬喻又可分為多類，常見的有明喻、隱喻、略喻、借喻。其中，明喻跟隱喻皆由「喻體」、「喻詞」、「喻依」[2]構成，喻體是被形容的事物本身，喻依為拿來當比喻的另一事物，喻詞則是喻體與喻依的連接詞，明喻的喻詞為像、如、似、若等詞，隱喻的喻詞需是繫詞或準繫詞，如：是、為、成、作等詞。略喻是省略喻詞，只留下喻體與喻依，借喻則連喻體也省略了，只有喻依（黃慶萱，2002: 327-334）。

〈我的書齋〉詩中的明喻有：「洩露的琴音五彩繽紛／從蕭邦到德布西／宛如萬馬奔騰於山壑的抽象畫一幅」，此處將繽紛的琴音比喻為萬馬奔騰般壯麗的抽象畫，透過抽象

2 黃慶萱於《修辭學》一書中使用「本體」、「喻詞」、「喻體」，而非「喻體」、「喻詞」、「喻依」，本文基於通用考量，而採用「喻體」、「喻詞」、「喻依」。

畫的比喻，使讀者對琴音擁有更具象的感知；又如「遺漏的字句，彈錯的音符／像秋天剛過完的心情／有疾有徐的呼吸也會拍子不一」，這裡將遺漏字句與彈錯音符的失誤比喻為秋天剛過的心情，如同呼吸般也會有不協調的時候，以「秋天剛過完的心情」當作喻依，給予讀者很大的想像空間，隨之出現「有疾有徐的呼吸也會拍子不一」的補充說明，則增強了「遺漏的字句，彈錯的音符」與「秋天剛過完的心情」的類化關係。隱喻的句子有「孤獨是洶湧澎湃的調色盤」，用調色盤來比喻孤獨的感覺，同時加上洶湧澎湃的形容，展現孤獨的飽滿感，值得一提的是，「是」常用於判斷句，以「是」來連接「孤獨」與「洶湧澎湃的調色盤」，更強化了孤獨的滿溢與存在。略喻出現在「理論白，批評黑／文學紅，歷史青」，直接以顏色來形容文學、歷史等學門，省略了「是」、「如」之類的連接詞，不僅達到精簡文字之效，也帶給讀者豐富的視覺聯想。借喻的詩句如「仙人掌」，沒有喻詞的連接，甚至未交代喻體，只有仙人掌這個喻依，供讀者揣摩其意。

五、音樂性的設計

現代詩不像古詩講究押韻，現代詩的音樂性主要是由節奏所構成，節奏包含：音節、腳韻、對稱性因素等（陳仲義，2003: 147）。韻腳方面，〈我的書齋〉詩中大部份韻腳都不只出現一次，「ㄥ」韻出現在第一段的「濃」、第三段的「情」；「ㄣ」韻有第一段的「陣」、第二段的「紛」；「ㄢ」韻是第一段的「盤」、第三段的「盤」和「團」、第四段的「前」；「ㄛ」韻在第一段出現的兩次「過」；「ㄠ」韻有第一段的「謀」、第二段的「要」；「ㄧ」韻是第一段的「裡」、第二段的「西」與「壁」、第三段的「一」；「ㄨ」韻出現在第二段的「幅」、第三段的「出」和「符」、第四段的「株」；「ㄞ」韻有第二段的「態」、第四段的「白」與兩次出現的「開」、第五段的「來」；「ㄝ」韻是第三段的「頁」、第五段的「雪」；「ㄟ」韻出現在第四段的「黑」以及「對」。多韻腳的安排，讓整首詩的旋律更顯圓潤靈活，詩的音樂性也因而生成。

除了語音傳遞的音樂性外，此詩也透過句型、斷句、換行等安排來塑造節奏，以展現音樂性，如：「有時紅色太多，或者藍色過濃」、「難免感官之必要，或者／溫柔之必要」、「遺漏的字句，彈錯的音符」等句，因為相似句型的反覆，增強了情感的表現，同時因句子較長，給予讀者較緩的節奏感。又如：「架上放，桌上擺」、「小說進，散文出」，短句的重覆句式帶來輕快的節奏感。在斷句方面，「難免感官之必要，或者／溫柔之必要」，斷句在「或者」，表現出停頓的語氣，帶給讀者更多思考空間。在換行的部份，「掌中全是／／雪」，「掌中全是」讀來語意未完，讀者自然會將之與下一詩句做連結，然而，「掌中全是」與「雪」之間空了一行，詩的節奏也因為這一行空白變得漸緩，幾乎頓時凝結了。

六、結語

本文運用新批評來解析詩作〈我的書齋〉的藝術技巧，從「詩意」、「意象」、「譬喻」、「音樂性」四點著手，在詩意推展的部份，可發覺詩語言的多義性，並感受到詩意因文字的多義性而更加充實；在意象律動的部份，可以發現，視覺意象與聽覺意象的豐富，意象轉化的靈巧，以及並置意象產生的張力；在譬喻運用的部份，則察覺了比喻帶來的聯想和強化情感作用；在音樂性設計的部份，除了韻腳的使用外，還發現相似句型、斷句、換行等手法產生的節奏感。

針對藝術技巧來進行審視，〈我的書齋〉確實是詩藝成熟的，不論在語言的掌握，或是意象的使用，甚至節奏與氛圍的營造，作者都做了精心而巧妙的安排，舉凡：詩的音響由有聲到無聲、意象與意象間的巧妙變換與轉化、詩意的豐饒與多義……處處可見作者的匠心獨具，亦足見作者功力之深厚。此外，「我的書齋」雖是私人的小世界，作者卻能運用情感外化等手法，引發讀者共鳴，無形之中也讓「我的書齋」成為一個「共通的書齋」。

引用書目

何耀宗。《色彩基礎》。台北：東大圖書，一九八四。
李瑞騰。《新詩學》。板橋市：駱駝，一九九七。
谷欣伍。《色彩理論與設計表現》。台北：武陵，一九九二。
孟樊。《S. L.和寶藍色筆記》。台北：書林，一九九二。
——。《當代台灣新詩理論》。台北：揚智，一九九八。
張梅芳。《鄭愁予詩的想像世界》。台北：萬卷樓，二〇〇一。
陳仲義著。《現代詩技藝透析》。台北：文史哲，二〇〇三。
黃慶萱。《修辭學》。台北：三民書局，二〇〇二。
趙毅衡編選。《新批評文集》。天津：百花文藝，二〇〇一。
羅智成。《寶寶之書》。台北：少數出版工作室，一九八九。

語言文學類　PG0587　吹鼓吹詩人叢書11

戲擬詩

作　　者／孟　樊
主　　編／蘇紹連
責任編輯／黃姣潔
圖文排版／蔡瑋中
封面設計／王嵩賀

發 行 人／宋政坤
法律顧問／毛國樑　律師
印製出版／秀威資訊科技股份有限公司
114台北市內湖區瑞光路76巷65號1樓
電話：+886-2-2796-3638　傳真：+886-2-2796-1377
http://www.showwe.com.tw
劃撥帳號／19563868　戶名：秀威資訊科技股份有限公司
讀者服務信箱：service@showwe.com.tw
展售門市／國家書店（松江門市）
104台北市中山區松江路209號1樓
電話：+886-2-2518-0207　傳真：+886-2-2518-0778
網路訂購／秀威網路書店：http://www.bodbooks.com.tw
國家網路書店：http://www.govbooks.com.tw
圖書經銷／紅螞蟻圖書有限公司
114台北市內湖區舊宗路二段121巷28、32號4樓
電話：+886-2-2795-3656　傳真：+886-2-2795-4100

2011年7月BOD一版
定價：210元

國家圖書館出版品預行編目

戲擬詩／孟樊作. -- 一版. -- 臺北市：秀威資訊科技,
2011. 07
面； 公分. --（語言文學類；PG0587）（吹鼓吹詩人叢書；11）
BOD版
ISBN 978-986-221-786-3（平裝）

831.86 100011916

讀者回函卡

感謝您購買本書，為提升服務品質，請填妥以下資料，將讀者回函卡直接寄回或傳真本公司，收到您的寶貴意見後，我們會收藏記錄及檢討，謝謝！如您需要了解本公司最新出版書目、購書優惠或企劃活動，歡迎您上網查詢或下載相關資料：http:// www.showwe.com.tw

您購買的書名：________________________________

出生日期：________年________月________日

學歷：□高中（含）以下　□大專　□研究所（含）以上

職業：□製造業　□金融業　□資訊業　□軍警　□傳播業　□自由業
□服務業　□公務員　□教職　□學生　□家管　□其它____

購書地點：□網路書店　□實體書店　□書展　□郵購　□贈閱　□其他

您從何得知本書的消息？

□網路書店　□實體書店　□網路搜尋　□電子報　□書訊　□雜誌
□傳播媒體　□親友推薦　□網站推薦　□部落格　□其他________

您對本書的評價：（請填代號　1.非常滿意　2.滿意　3.尚可　4.再改進）

封面設計____　版面編排____　內容____　文／譯筆____　價格____

讀完書後您覺得：

□很有收穫　□有收穫　□收穫不多　□沒收穫

對我們的建議：________________________________

____

____

____

請貼
郵票

11466
台北市內湖區瑞光路 76 巷 65 號 1 樓
秀威資訊科技股份有限公司 收
BOD 數位出版事業部

（請沿線對折寄回，謝謝！）

姓　　名：＿＿＿＿＿＿＿＿＿ 年齡：＿＿＿＿ 性別：□女　□男

郵遞區號：□□□□□

地　　址：＿＿＿＿＿＿＿＿＿＿＿＿＿＿＿＿＿＿＿＿

聯絡電話：(日) ＿＿＿＿＿＿＿＿＿＿ (夜) ＿＿＿＿＿＿＿＿＿＿

E-mail：＿＿＿＿＿＿＿＿＿＿＿＿＿＿＿＿＿＿＿＿